इट्सी-बिट्सी क्लाउड

एक गुप्त इच्छा पूरी हुई

फ्रांसिस एडवर्ड्स

उकीयोटो पब्लिशिंग

सभी वैश्विक प्रकाशन अधिकार इसके पास हैं

उकीयोटो पब्लिशिंग

2024 में प्रकाशित

ISBN 9789358461879

www.ukiyoto.com

समर्पण और आभार

ली बैरी टर्नर की स्मृति को समर्पित

इस धरती से विदा हो गया, 7 फरवरी, 2022

मेरे अब, संरक्षक देवदूत। वह अपनी बीमारी के दौरान मुझे प्रतिदिन लिखने के लिए कहते रहे ताकि मेरा मन व्यस्त रहे और मैं उनकी परेशानियों से दूर रहूं। उन्होंने 7 फरवरी, 2022 को पृथ्वी पर खुशखबरी सुनी, "बधाई हो, आपकी पुस्तक प्रकाशन के लिए स्वीकार कर ली गई है"।

ली बैरी टर्नर बच्चों के लिए कहानी-पुस्तकें, निबंध और कविताएं लिखने की मेरी जीवन-यात्रा के हर कदम पर मेरे साथ रहेंगे, जब तक कि हमारी आत्माएं ईश्वर की कृपा से स्वर्ग में एक साथ बंध नहीं जातीं।

गूगल से खोजे गए चित्र

इन खोजों से प्राप्त जानकारी के आधार पर श्रेय दिया गया:

बादलों की अनस्प्लैश तस्वीरें:

दाउदी आइसा
बैरेट
चित्रान्वीक्षक
ओस्के
इमैनुएल अप्पिया
पैट्रिक जैन्सर

व्लादिमीर अनिकेव
निकोल गेरी
जोशिया एच
जूलियन रेइंडर्स
युरीटी कोवालोव

चित्र भी रॉयल्टी मुक्त स्रोत से डाउनलोड किए गए, वाणिज्यिक उपयोग:

ग्राफ़िक्स परी

निःशुल्क वेक्टर छवियाँ

पिक्सल

पिक्साबे

पीकपीएक्स

निम्नलिखित का उपयोग करके चित्र बनाएं:

छवि पर पाठ

क्लिप आर्ट निःशुल्क डाउनलोड

लेखकों के लिए अपने दरवाजे खोलने के लिए आप सभी का धन्यवाद।

अंतर्वस्तु

इट्सी - बिट्सी का रहस्य

एक बार की बात है, इट्सी-बिट्सी नाम की एक छोटी लड़की थी, जिसकी आत्मा बहुत अद्भुत थी। वह बादल पर चढ़ना चाहती थी। उसने अपना रहस्य सिर्फ अपने तक ही रखा। इट्सी-बिट्सी जानती थी कि उसके दोस्त और विशेषकर उसका बड़ा भाई जिग्गी उसकी इच्छा का मजाक उड़ाएगा।

इट्सी-बिट्सी को बादलों को देखना बहुत पसंद था। बड़े सफेद फूले हुए फूले हुए फूल हमेशा शाही नीले आसमान के सामने उसका ध्यान आकर्षित करते थे, जब वे धीरे-धीरे उसके पास से गुजरते थे। उसने देखा कि ये विशेष बादल क्षितिज में लुप्त होने से पहले अपना आकार बदल लेते थे। किसी को भी उसका मोह समझ में नहीं आया। ज़िग्गी स्कूल जाते समय उसे ज़मीन की ओर देखने के लिए चिल्लाता था। "इत्सी-बिट्सी तुम गिरने वाली हो। आप कहाँ देख रहे हैं? मैं माँ को बताने जा रहा हूँ!" इट्सी-बिट्सी उसे अनदेखा कर देती और लड़खड़ाती हुई स्कूल चली जाती। "जिग्गी क्लाउड, मुझे अकेला छोड़ दो, उसने कहा"।

स्कूल में इट्सी-बिट्सी हमेशा अपनी शिक्षिका से खिड़की के पास वाली सीट मांगती थी। इट्सी-बिट्सी ने अपनी शिक्षिका को बताया कि वह *क्लॉस-ट्रो-फो-बिया* से पीड़ित है। इट्सी-बिट्सी ने शब्दकोष में इस शब्द को देखा, जिसमें इस स्थिति को सीमित स्थान के प्रति अत्यधिक भय के रूप में समझाया गया था।

इट्सी-बिट्सी ने यह शब्द अपनी मां मेरी-वेदर से एक दिन सुना, जब वह खेल के मैदान में अन्य माताओं को समझा रही थी कि इट्सी-बिट्सी हमेशा

ऊपर की ओर क्यों देखती रहती है। इट्सी-बिट्सी जानती थी कि यह लेबल स्कूल में उसकी सभी कक्षाओं में खिड़की वाली सीट सुरक्षित करने में हमेशा काम आता था। इट्सी-बिट्सी केवल खिड़की से बाहर देखकर यह देखना चाहती थी कि कहीं बादल तो नहीं आ रहे हैं। इट्सी-बिट्सी अकेली नहीं थी। अन्य सहपाठियों को भी कक्षा की खिड़की से बाहर देखने में आनंद आ रहा था, लेकिन वे बादलों को नहीं देख रहे थे। कभी-कभी इट्सी-बिट्सी के शिक्षकों ने उसे खिड़की से बाहर देखते हुए पकड़ लिया। उन अध्यापकों ने इट्सी-बिट्सी को दिवास्वप्न देखने के लिए गंभीर दृष्टि से देखा।

इट्सी-बिट्सी ने एक डायरी रखी। हर दिन, जब वह कोई बादल देखती तो उसका चित्र बनाती और उसे पहचानने की कोशिश करती। इट्सी-बिट्सी कल्पना करती कि बादल किसी जहाज, किसी देश, किसी पशु, किसी तारे, किसी पेड़ या किसी व्यक्ति जैसा दिखता है। यह उसका खेल था. इससे वह घंटों तक आनंदित रहती थी।

इट्सी-बिट्सी ने अपने सभी चित्रों में बादलों को शामिल किया। जब भी इट्सी-बिट्सी स्कूल से घर लौटती तो उसके पिता स्टॉर्म उन्हें देख लेते और रेफ्रिजरेटर के दरवाजे पर एक नया चित्र लगा देते। उसके पिता टिप्पणी करते, "इट्सी-बिट्सी तुम्हारा बादल पूरे चित्र में सबसे अच्छा तत्व है।" आप इसे कैसे करते हैं। मैं कभी नहीं समझ पाऊंगा"।

इट्सी-बेट्सी के लिए स्कूल में सबसे अच्छा समय उसकी विज्ञान कक्षा में बिताना था। उसे बादलों की सभी संरचनाओं के बारे में जानने में बहुत आनंद आता था। इट्सी-बिट्सी को पता चला कि चार प्रमुख श्रेणियां हैं। इन श्रेणियों में अंतर इस आधार पर किया जाता है कि बादल आकाश में कितनी ऊंचाई पर हैं। इट्सी-बिट्सी ने अपनी नोटबुक में लिखा:

ऊंचे बादलों को सिरस बादल या पंखदार बादल कहा जाता है।

सिरस बादल इतने ऊंचे होते हैं कि बादलों में मौजूद पानी जम जाता है। इन बादलों को देखने का मतलब है कि तूफानी मौसम आने वाला है या गर्म हवाएं आने वाली हैं।

सिरोक्यूम्यलस बादल (Cirrocumulus cloud) धब्बेदार दिखने वाले बादल होते हैं। अच्छा मौसम आ रहा है.

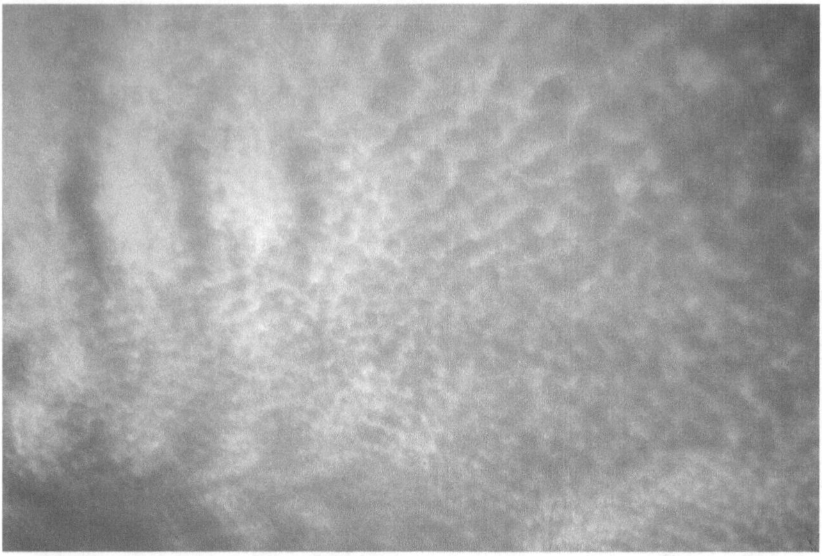

सिरोस्ट्रेटस बादल दूधिया दिखने वाले बादल हैं। पूरा आकाश ढका हुआ है। आप उनके आर-पार देख सकते हैं। इससे संकेत मिलता है कि गर्म हवाएं आने वाली हैं। अच्छा मौसम।

मध्य बादल

आल्टोक्यूम्यलस बादल दिखने में गोल और अंडाकार होते हैं। बारिश से भरा हुआ. हालाँकि, बारिश का पानी ज़मीन पर गिरने से पहले ही वाष्पित हो जाता है। ये बादल आंधी-तूफान के आने का संकेत देते हैं। इसका यह भी अर्थ है कि शीत लहर आने वाली है।

आल्टोस्ट्रेटस बादल धूसर रंग के कम्बल वाले बादल होते हैं। वे हल्की वर्षा उत्पन्न करते हैं।

इट्सी-बिट्सी ने यह चित्र छोटा बनाया, क्योंकि उसे बादलों का रूप बिल्कुल पसंद नहीं है।

निम्न बादल

स्ट्रेटस बादल कोहरा और धुंध होते हैं।

स्ट्रेटोक्यूमुलस बादल एक दूसरे के बहुत पास-पास स्थित फूले हुए बादल होते हैं। वे पूर्वानुमान लगाते हैं
संभवतः हल्की बूंदाबांदी होगी।

मल्टी लेवल क्लाउड्स एक बड़े ऊर्ध्वाधर निर्माण को प्रदर्शित करते हैं।

क्यूम्यलस बादल सुन्दर बादल होते हैं जो इधर-उधर बहते रहते हैं। ये बादल शाम को गायब हो जाते हैं। उनका मतलब है अच्छा मौसम।

क्यूम्यलोनिम्बस बादल ऊर्ध्वाधर पर्वत हैं।
वे भारी वर्षा या ओलावृष्टि का पूर्वानुमान लगाते हैं। यहां तक कि एक बवंडर भी आ सकता है।

निम्बोस्ट्रेटस बादल सूर्य को अवरुद्ध कर देते हैं। ये बादल बहुत काले हैं. मौसम के आधार पर वे वर्षा या हिमपात करेंगे।

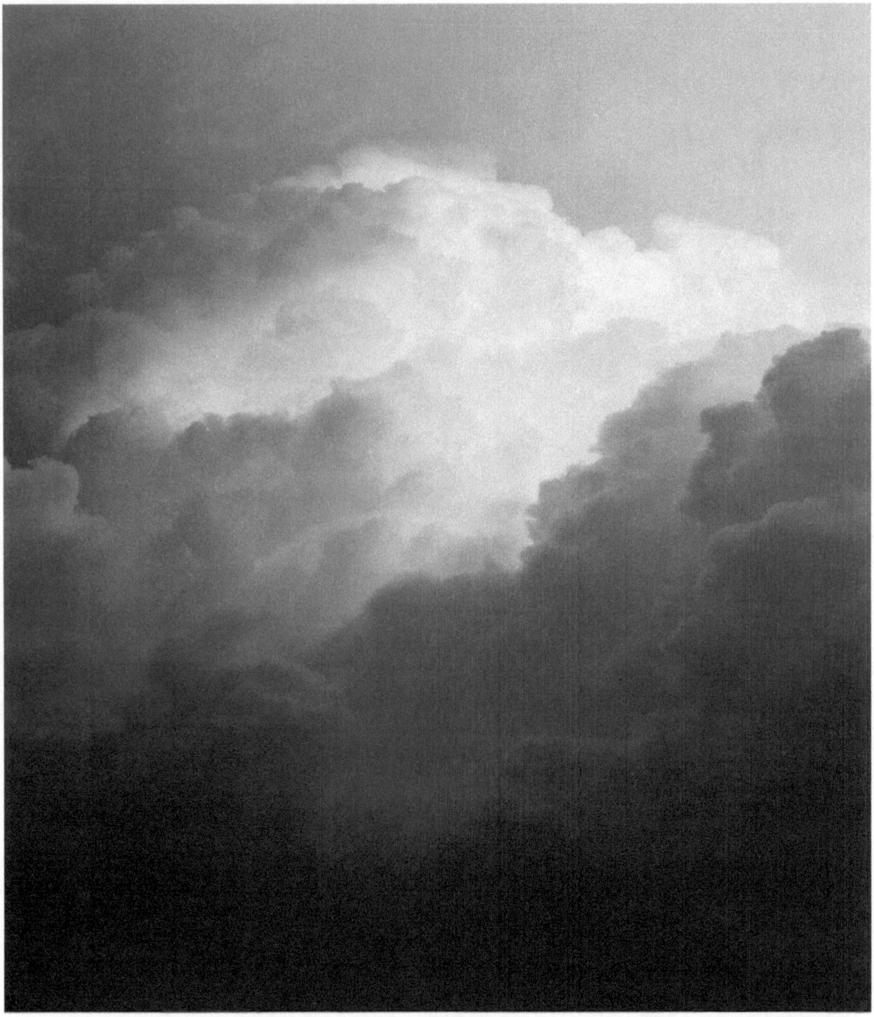

इट्सी – बिट्सी एक कविता लिखती है

इट्सी-बिट्सी अब अपनी नोटबुक में जाकर आकाश में पाए जाने वाले विभिन्न बादलों की पुष्टि कर सकती है। ज़िग्गी उसके ऊपर देखने के कारण उसे दोष नहीं दे सकता। अब वह मौसम का पूर्वानुमान लगा सकती है। वह अपने परिवार को सलाह देती है, उन्हें निर्णय लेने में मदद करती है, जैसे छाता लेना। इट्सी-बिट्सी ने मौसम की भविष्यवाणी को खेल के रूप में बनाना शुरू कर दिया। वह अपने कैलेण्डर पर लिखती है कि कितनी बार उसकी भविष्यवाणियां सही होती हैं। हर बार जब इट्सी-बिट्सी सही होती है, तो स्टॉर्म उसे गुल्लक के लिए एक सिक्का देती है। ज़िग्गी को कचरा बाहर निकालना है. उसकी माँ उसके स्कूल के लंच बॉक्स में अतिरिक्त चीजें रख देती है। इट्सी-बिट्सी की बिल्ली उसे संभावित बरसात के दिनों में सुरक्षित रूप से घर के अंदर रखने के लिए एक विशेष म्याऊं देती है।

इट्सी-बिट्सी मौसम की भविष्यवाणी करने में इतनी अच्छी हो जाती है कि स्कूल में सभी लोग उससे सलाह लेते हैं, क्योंकि उन्हें बादलों पर पढ़ा गया विज्ञान का पाठ याद नहीं रहता। पार्क और खेल के मैदान में माताएँ उससे परामर्श करने लगीं। वे इट्सी-बिट्सी से पूछते थे कि मौसम कैसा रहेगा। एक माँ कहती है, हम आउटडोर पूल पार्टी की योजना बना रहे हैं। इट्सी-बिट्सी को यह सब ध्यान पसंद आता है। वह हर दिन नये दोस्त बनाती है। सभी अखबार वाले, जिनमें डाकिया भी शामिल है, इट्सी-बिट्सी से पूछते हैं कि हम किस तरह के मौसम की उम्मीद कर रहे हैं?

इट्सी-बिट्सी अपनी अंग्रेजी कक्षा के लिए एक कविता लिखती है।

बादल, बादल, बादल...

नीचे आओ...

क्या मैं कर सकता था...

पर चढ़ना।

तुम मुझे ले जा सकते हो...

आकाश में कैम्पिंग...

मेरे पास आओ.

यह बहुत जल्दी नहीं हो सकता...

इंतज़ार नहीं कर सकता...

आपके आशीर्वाद को चूम सकता हूँ...

क्या आपकी उपस्थिति का जश्न मनाया जा सकता है बादल, बादल, बादल...

आओ मुझे ले जाओ...

अपनी यात्रा जारी रखें...

आपके गायब होने से पहले की स्थिति.

इट्सी-बिट्सी अपनी कविता ज़िग्गी को पढ़ती है, लेकिन वह प्रभावित नहीं होता। उन्होंने कहा, "वह कविता पागलपन भरी है, तुम बादल पर नहीं बैठ सकती, पागल लड़की, तुम इससे गिर जाओगी। मैं तुम्हारे बारे में माँ को बता रहा हूँ! इट्सी-बिट्सी जवाब देती है, "मैं नाटक कर सकती हूँ, बेवकूफ, अब जाओ और बारिश होने से पहले कचरा बाहर निकालो"।

इट्सी-बिट्सी अपने पिता को अपनी कविता दिखाना चाहती है। वह कविता से इतना प्रभावित हुआ कि उसने पूछा, "इट्सी-बिट्सी तुमने 'सी' अक्षर से शुरू होने वाले सभी शब्दों का प्रयोग क्यों किया?" इट्सी-बिट्सी जवाब देती है, "सी वर्णमाला का वह अक्षर है जिसे हम स्कूल में सीख रहे हैं। वे सभी सी शब्द अगले सप्ताह हमारी वर्तनी परीक्षा में होंगे।" "ओह, मैं देख रहा हूँ, यह आपके गुल्लक के लिए एक डॉलर है। आपकी कविता बहुत ही चतुराई से रची गई है, बधाई। सामग्री प्रेषित करना जारी रखें; कॉपीराइट का दावा करें"।

इट्सी - बिट्सी ने बताया अपना राज

एक दिन, इट्सी-बिट्सी को उसकी मां ने मेज सजाने के लिए कुछ फूल चुनने के लिए पीछे के बगीचे में जाने के लिए कहा। मेरी-वेदर आज दोपहर स्थानीय गार्डन क्लब में लंच का आयोजन करने की योजना बना रही है। जबकि इट्सी-बिट्सी जंगली फूल, जैसे नीली घंटियाँ, हीथर, ल्यूपिन और पीले फूल चुनने में व्यस्त है, वह बादलों को देखने से खुद को रोक नहीं पाती। जैसे ही वह ऐसा करती है, इट्सी-बिट्सी एक जंग लगे पुराने बगीचे के आभूषण पर ठोकर खाती है। वह उसे उठाती है और देखती है कि यह कामदेव है। कामदेव बहुत खुश हैं. कई वर्षों तक छिपे रहने के बाद अंततः उसे ढूंढ लिया गया। वह नम ज़मीन पर जंग खा रहा था। इट्सी-बिट्सी ने कामदेव को एक बड़ी चट्टान पर रख दिया। कामदेव ने कहा, "तुमने मुझे बचा लिया। तुम्हारे लिए मैं अपना अंतिम तीर चलाऊंगा। मेरा तीर बगीचे की परी के दिल को भेद सकता है, और वह तुम्हारी इच्छा पूरी कर सकती है।" "हाँ, हाँ, कृपया आगे बढ़ो। मेरी एक गुप्त इच्छा है. मैंने अपनी बिल्ली जंपिंग-जैक को छोड़कर किसी को भी यह बात नहीं बताई। वह मेरा रहस्य रखता है, क्योंकि वह मानव भाषा नहीं बोल सकता"।

इट्सी-बिट्सी ने सावधानीपूर्वक जंग लगे क्यूपिड को एक अधिक आरामदायक चिकनी चट्टान पर लिटा दिया, ताकि वह खुद को स्थिर कर सके। कामदेव ने अपना अंतिम बाण सीधे बैंगनी फूलों के एक समूह में उत्पन्न गड़बड़ी पर चलाया।

"यह एक गार्डन परी है," इट्सी-बिट्सी ने घोषणा की। "मैं उसे देख सकता हूँ!"

बगीचे की परी कुछ बैंगनी फूलों के ऊपर फड़फड़ा रही है। अब, इट्सी-बिट्सी सचमुच उसे शाही नीले आकाश के सामने देख सकती है। बगीचे की परी हमेशा फूल के रंग या उस चीज़ के रंग से मेल खाने के लिए अपना रंग बदलती है जिसके पीछे वह छिपती है। आज, वह बैंगनी है। वह आज जहां छिपी है, वहां बैंगनी फूलों से मेल खाती है। गार्डन परी इट्सी-बिट्सी से कहती है कि वह रहस्य के बदले रहस्य ही दे सकती है। बगीचे की परी इट्सी-बिट्सी से कहती है, "पहले तुम्हें मुझे अपना रहस्य बताना होगा, क्योंकि मेरा दिल छलनी हो गया है"। इट्सी-बिट्सी कहती है, मेरी गुप्त इच्छा एक बादल पर चढ़ना और आकाश में बहना है। गार्डन फेयरी जवाब देती है, "मेरा रहस्य यह है कि मैं आपकी इच्छाएं पूरी नहीं कर सकती, लेकिन मैं आपकी गॉडमदर फेयरी से आपकी इच्छा पूरी करने के लिए कह सकती हूं। वह एकमात्र है जो आपकी इच्छा पूरी कर सकती है। चूँकि आपका अंतिम नाम क्लाउड है, इसलिए आपकी गॉडमदर का नाम भी क्लाउड ही है। तुम उसे जान जाओगे. वह एक खूबसूरत सफेद बादल जैसी पोशाक पहने हुए, एक जादुई छड़ी लेकर आपके पास आएगी, जिस पर एक सितारा लगा होगा।"

गार्डन फेयरी इट्सी-बिट्सी से कहती है, "मैं वादा करती हूं कि किसी रात जब तुम गहरी नींद में होगे तो मैं तुम्हारी गॉडमदर क्लाउड को तुम्हारी गुप्त इच्छा बताऊंगी। यही वह समय है जब मुझे आपकी ओर से आपकी गॉडमदर क्लाउड से बात करने की अनुमति है। आपकी गॉडमदर क्लाउड किसी भी समय गहरी नींद में जा सकती है और शायद आपकी इच्छा पूरी कर सकती है।" तुम्हें इस बारे में किसी को नहीं बताना चाहिए. यदि आप ऐसा करेंगे तो आपकी इच्छा समाप्त हो जायेगी। आपकी गॉडमदर क्लाउड आपकी नींद में प्रवेश नहीं करेगी चाहे आपकी नींद कितनी भी गहरी क्यों न हो। यदि रहस्य पता चल गया तो आपकी नींद में कोई सपना नहीं आएगा। तुम्हें इसे हर दिन और हर घंटे याद रखना चाहिए, किसी को नहीं बताना चाहिए।

बगीचे की परी पदचाप सुनती है। उसे जाना ही होगा. उसे उड़कर बैंगनी रंग के फूलों के बीच छिप जाना चाहिए। वह जितनी जल्दी और तेजी से प्रकट हुई थी उतनी ही तेजी से गायब भी हो गई।

इट्सी-बिट्सी पीछे मुड़ती है और अपने भाई ज़िग्गी को देखती है। वह चिल्लाया, "तुम इतना समय क्यों ले रहे हो, माँ को वे फूल अभी चाहिए।" जल्दी करो, इट्सी-बिट्सी, नहीं तो मैं तुम्हारी माँ को बता दूंगी। आप पर किसी भी काम के लिए निर्भर नहीं रहा जा सकता"!

इट्सी-बिट्सी पूरी तरह घबरा जाती है। वह फूलों से भरा एक हाथ लेकर जल्दी से चली जाती है। वह उन्हें अपने साथ लाई गई सींक की टोकरी में रखने के लिए भी समय नहीं निकालती। इट्सी-बिट्सी बहुत खुश है। वह नहीं जानती कि क्या सोचे। वह केवल एक ही बात निश्चित रूप से जानती है। उसे अपना रहस्य किसी को नहीं बताना चाहिए।

गहरा सपना

हर रात इट्सी-बिट्सी की माँ कहानी की किताब पढ़ने के बाद अपनी बेटी से कहती थी, "मेरे प्यारे, मीठे सपने देखो"। कोई स्वप्न नहीं आया। बेचारी इट्सी-बिट्सी अपने रहस्य के बारे में किसी को नहीं बता सकी। केवल उसकी बिल्ली, जंपिंग-जैक ही इस बात को जानती थी। वह केवल म्याऊं ही कर सकता था। इट्सी-बिट्सी को याद आया कि गार्डन फेयरी ने क्या कहा था, "अगर कोई रहस्य खर्राटों के दौरान भी थोड़ा सा भी प्रतिध्वनित हुआ तो रहस्य क्यूम्यलस बादल की तरह गायब हो जाएगा"।

एक रात, इट्सी-बिट्सी नींद में करवटें बदलने लगी। जंपिंग-जैक और तेज, तेज म्याऊं-म्याऊं करने लगा। गॉडमदर परी बादल प्रकट हुई। "मैं आपकी गुप्त इच्छा पूरी करने आया हूँ। अब तुम शांति से आराम कर सकते हो, मेरे प्यारे बच्चे। आप परीक्षा में उत्तीर्ण हो गए हैं। तुमने हमारे या अपने किसी रहस्य के बारे में किसी को नहीं बताया। कई बच्चों ने आपकी गुप्त इच्छा पूछी है, लेकिन वे सभी असफल रहे हैं। आपने सभी प्रलोभनों का विरोध किया है। तुमने अपने आप को मेरे सामने साबित कर दिया है। वे अन्य बच्चे बादल पर चढ़ने की अपनी गुप्त इच्छा को अपने अंदर नहीं दबा सके। उनके सारे उम्मीद भरे बादल बारिश में बदल गये। उनकी इच्छा पूरी नहीं हुई। वे एक बार चुने गए बादल पर चढ़ नहीं सकते। उनकी इच्छा हमेशा के लिए लुप्त हो गई है। आप भाग्यशाली हैं। आपका बादल इंतजार कर रहा है.

जिस पहाड़ पर मैं रहता हूँ वह परीलोक की राजधानी है। मैं परी भूमि पर्वत की रानी हूँ। मैंने अपने पर्वत को निर्देश दिया है कि वह तुम्हें एक कैप क्लाउड बना दे। एक बार जब आप पहाड़ पर चढ़ना शुरू कर देंगे तो मैं

अपनी जादुई छड़ी से पहाड़ की चोटी पर ऊपर की ओर हवा का रुख कर दूंगा जिससे आपके लिए कैप क्लाउड बन जाएगा। आपकी बिल्ली आपको उस पर काठी लगाने देगी। फिर वह बादल पर छलांग लगा सकता है।

क्लैप क्लाउड आपको मेरी दुनिया में ले जाएगा, जिसे दूसरी दुनिया कहा जाता है। तुम मेरे राज्य का दौरा करोगे. प्रत्येक अन्य विश्व भूभाग में अपने आगमन की पुष्टि के लिए आपको एक पोस्टकार्ड देना होगा। उन पोस्टकार्डों में उन सभी स्थानों के पते होंगे जहां आप जाएंगे। एक बार वहां जाने पर, बगीचे की परी द्वारा इलाके का पोस्टकार्ड मेरे पास वापस भेज दिया जाएगा, जिसने मुझे आपकी गुप्त इच्छा बताई थी। इससे आपकी यात्रा की पुष्टि हो जाएगी। क्लैप क्लाउड अलग-अलग fae लोगों के साथ एक नए इलाके की ओर आगे बढ़ेगा, जिसमें आप और जंपिंग-जैक भी शामिल होंगे। यदि गार्डन फेयरी प्रत्येक इलाके के प्रमुख सरदार द्वारा हस्ताक्षरित पोस्टकार्ड के बिना, मेरे पास वापस उड़कर आती है, तो कैप क्लाउड आपके और जंपिंग-जैक के बिना ही आगे बढ़ जाएगा। आप और आपकी पालतू बिल्ली हमेशा मेरी दूसरी दुनिया के भूभाग में रहेंगे। तुम कभी नहीं जाओगे. मेरी सभी प्रजा अपने रहस्यों को अपने तक ही सीमित रखने की प्रतिज्ञा करती है। तुम्हारी मानवीय दुनिया में कोई भी कभी भी यह पता नहीं लगा पाएगा कि तुम मेरे दूसरे विश्व साम्राज्य में कहां हो।

गॉडमदर क्लाउड का एक और नियम है जिसका पालन सभी परियों को करना होगा। परियां कभी झूठ नहीं बोलतीं. सच बोलना चाहिए.

"अब तुम जाओगे!"

ब्राउनीज़ के साथ जाएँ

क्लैप क्लाउड आकाश में घूमता है और कृषि भूमि के ऊपर मंडराता है। इट्सी-बिट्सी और जंपिंग-जैक खेत के जानवरों, एक खलिहान और एक किसान के घर को देख सकते हैं। इट्सी-बिट्सी मन ही मन सोचती है, "कितना बढ़िया है"। वह कैप क्लाउड से पूछती है, "क्या यह पहला टेरेन है?"

"हाँ, अब जब जंपिंग-जैक तुम्हें मुझसे दूर ले जाए तो तुम अपने साथ ब्राउनीज़ अंकित सही पोस्टकार्ड ले जाना सुनिश्चित करो।"

इट्सी-बिट्सी और जंपिंग-जैक पहुंचते हैं और ब्राउनी हार्ड वर्कर उनका स्वागत करते हुए कहते हैं, "स्वागत है"! "फार्म टेरेन पर एक अतिरिक्त मददगार हाथ को देखकर अच्छा लगा"। "आपकी सुंदर फ़ारसी बिल्ली अपने लिए घर से दूर एक घर बना सकती है। वह वहाँ उस बड़े कद्दू में कूद सकता है। मुझे लगता है कि वह वहां बसना पसंद करेंगे।"

ब्राउनी हार्ड वर्कर बताते हैं कि किसान ने रात में मेरी मदद से खेतों से सारे कद्दू इकट्ठा कर लिए हैं। आप कद्दू नक्काशी के समय के लिए आ गए हैं। कद्दूओं पर चेहरे उकेरे जाते हैं। आत्माओं को भगाने के लिए रात में मोमबत्तियाँ जलाई जाती हैं। आत्माएं परियां नहीं हैं। आत्माएं भूत, चुड़ैल, शैतान, पिशाच या लाश हो सकती हैं जो खेत में जानवरों को डराती हैं। वे 31 अक्टूबर को अचानक प्रकट हो जाते हैं। मनुष्य इस अवसर को हैलोवीन कहते हैं। आपका काम 50 कद्दूओं पर चेहरे उकेरना होगा। प्रत्येक कद्दू पर एक अलग डरावना चेहरा उकेरा गया होगा। अब, मुझे जाकर फार्मलैंड टेरेन हेड सरदार को बताना होगा कि आप यहाँ हैं। सौभाग्य हो मेरे प्रिय। बाद में मिलते हैं। जितनी जल्दी हो सके कद्दू काटना शुरू कर दें। यहाँ एक नक्काशी चाकू है. सावधान रहें कि आप स्वयं को न काटें। ओह, वैसे, आपकी बिल्ली प्रत्येक नक्काशीदार कद्दू को प्रत्येक पशु बाड़े तक पहुंचा सकती है। सुनिश्चित करें कि आप सूअरों के लिए कुछ अतिरिक्त कद्दू उपलब्ध कराएं। वे हमेशा हेलोवीन की रात से पहले कुछ खाते हैं।

हार्ड वर्कर फार्म टेरेन चीफटेन को यह बताने के लिए जाता है कि क्लैप क्लाउड मानव दुनिया से कद्दू काटने के लिए एक आगंतुक को लाया है।

"वहाँ यहाँ, वहाँ यहाँ," हार्ड वर्कर चिल्लाता है। उसका नाम इट्सी-बिट्सी क्लाउड है। वह हमारे लिए कद्दू काटेगी। देखो, उसने पहले ही शुरू कर दिया है।

हेड फार्मलैंड टेरेन चीफटेन एक डरावने कद्दू के रूप में प्रच्छन्न है। जब वह इट्सी-बिट्सी का अभिवादन करता है, तो वह उसे समझाता है कि

हैलोवीन की रात उसका काम किसान के घर को किसी भी बुरे घुसपैठिये से बचाना है। मुझे किसान के बरामदे पर ही रहना होगा। कृपया मेरे दिखने के तरीके को लेकर चिंतित न हों। हैलोवीन के बाद, मैं नुकीले कानों वाली एक सामान्य ब्राउनी की तरह दिखने लगूंगी। इट्सी-बिट्सी उसे अपना पोस्टकार्ड देने से भी डरती है। जंपिंग जैक अपने कद्दू के पास दौड़ता है और अंदर कूद जाता है। इट्सी-बिट्सी ने 50 कद्दू काटने तक इंतजार करने का फैसला किया।

इट्सी-बिट्सी कद्दू को तराशना और तराशना जारी रखती है। जल्द ही उसके पास उकेरने के लिए अलग-अलग चेहरे ख़त्म होने लगते हैं। उसने ज़िग्गी का चेहरा दस बार उकेरा! दस अलग अलग तरीके. इट्सी-बिट्सी जंपिंग-जैक से कहती है कि वह ज़िग्गी के अधिकांश कद्दू चेहरों को सूअर के बाड़े में पहुंचा दे। इट्सी-बिट्सी को उम्मीद है कि सूअर भूखे होंगे। जब तक वह 33 चेहरों तक पहुंचती है, बेचारी इट्सी-बिट्सी कद्दूओं पर विभिन्न बादलों को काटना शुरू कर देती है। वह सोचती है कि तूफानी बादल चुड़ैलों को डरा देंगे। तूफान के दौरान चुड़ैलें उड़ने से डरेंगी।

इट्सी-बिट्सी, ब्राउनीज़ की मदद करने के बाद, आगे बढ़ना चाहती है। इट्सी-बिट्सी ने अपना पोस्टकार्ड सरदार तक पहुंचाने का एक चतुर तरीका ढूंढ लिया। इट्सी-बिट्सी अपने नक्काशीदार कद्दूओं में से एक के अंदर अपना पोस्टकार्ड रखती है ताकि सरदार को अपना काम दिखा सके। मेहनतकश व्यक्ति कद्दू को सरदार के पास ले जाता है, और जैसे ही वह उसके अन्दर मोमबत्ती रखने के लिए ढक्कन उठाता है, उसका हाथ पोस्टकार्ड को पकड़ लेता है। उन्होंने पोस्टकार्ड पर हस्ताक्षर किए और बगीचे की परी, जो अब नारंगी रंग की हो गई है, कुछ ढेर में रखे कद्दूओं में से फड़फड़ाती हुई बाहर आई और पोस्टकार्ड को अपने पंखों के नीचे ले गई। गार्डन फेयरी गॉडमदर क्लाउड को पोस्टकार्ड देने के लिए आंखों से ओझल हो जाती है।

हैलोवीन की रात को सूर्यास्त से कुछ घंटे पहले, कैप क्लाउड प्रकट हुआ और जंपिंग-जैक ने इट्सी-बिट्सी को अपनी पीठ पर उठाया और कैप क्लाउड पर कूद गया। इट्सी-बिट्सी बहुत खुश थी। वह जानती थी कि हेलोवीन की रात फार्म टेरेन के आसपास घूमने वाला कोई भी भूत जंपिंग-जैक को डरा देगा। जंपिंग-जैक भागकर खेत में कहीं भी छिप सकता था और कभी भी नहीं मिल सकता था। इट्सी-बिट्सी का तो यह भी मानना था कि सूअर ज़िग्गी चेहरे वाले कद्दू की जगह जंपिंग-जैक खा सकते हैं।

इट्सी-बिट्सी ने हैलोवीन परंपरा के अनुसार सरदार पर एक चाल चली। कोई झूठ नहीं बोला गया. इट्सी-बिट्सी के लिए सबसे अच्छी बात यह थी कि सूर्यास्त से ठीक पहले क्लैप क्लाउड का आगमन हुआ। इट्सी-बिट्सी और जंपिंग-जैक फार्म के चारों ओर सभी रोशन कद्दूओं के साथ-साथ बहुत सारी अजीब परछाइयां देख सकते थे, क्योंकि पूर्णिमा के दौरान, तारों से जगमगाते आकाश में क्लैप क्लाउड दूर चला गया था।

सेब के पेड़ परी सरदार

कैप क्लाउड बहुत दूर तक नहीं जाता है। यह विशाल पुराने वृक्षों से भरे घने जंगल के ऊपर मंडराने लगता है। कैप क्लाउड रुक जाता है. इट्सी-बिट्सी और जंपिंग-जैक एक घने अंधेरे जंगल में चले जाते हैं। इट्सी-बिट्सी कुछ पेड़ों के बीच से एक रास्ता खोजती है। पेड़ ऐसे दिखते हैं जैसे वे सौ साल या उससे भी अधिक समय से वहां उग रहे हों। उनके पास चिड़ियाघर के हाथियों की तरह विशाल सूंड हैं। इट्सी-बिट्सी को यह ध्यान आने लगता है कि कुछ पेड़ों पर ऐसी गांठें हैं जो चेहरों जैसी दिखती हैं। वह यह भी सोचने लगती है कि पेड़ों के पीछे कुछ छिपा हुआ है। जंपिंग-जैक एक विशेष विशाल सेब के पेड़ को देखकर म्याऊं-म्याऊं करने लगता है। जंपिंग-जैक बिल्कुल भी आगे नहीं बढ़ेगा। बेचारी बिल्ली तो ज़मीन पर जम गई है। वह बस ऊपर देखता रहता है और बहुत डरावनी आवाज में म्याऊं-म्याऊं करता रहता है। इट्सी-बिट्सी को बिल्लियों की लड़ाई से ठीक पहले जंपिंग-जैक से वही आवाज सुनाई देती है। म्याऊं की आवाज फुफकारने जैसी ध्वनि में बदल जाती है। जम्पिंग-जैक युद्ध के लिए तैयार होकर अपनी पीठ झुकाता है। इट्सी-बिट्सी भयभीत है। वह जंपिंग-जैक की तरह जम जाती है और हिलने लगती है। वह भागना चाहती है, लेकिन हिल नहीं सकती।

बूढ़ा सेब का पेड़ बहुत ही खोखली गहरी आवाज़ में बात करना शुरू करता है। "आप ड्रायड्स इलाके में आये हैं और मैं चीफटेन एप्पल ट्री हूं। चिंता मत करो। हम ड्रायड लोग कभी भी अपने पेड़ों से बाहर कदम नहीं रखते। जब एक गांठ चेहरे में बदल जाती है तो हम पेड़ का हिस्सा बन जाते हैं।

मैं एकमात्र ड्रायड हूं जिसकी आंखें आपको देख सकती हैं। मेरी आँखें मुझे तुम्हारी दुनिया के उन बच्चों को देखने देती हैं जो मेरी नज़रों से दूर पेड़ों के पीछे छिपने की कोशिश करते हैं। मेरा मानना है कि कुछ बच्चे जो यह कहते हैं कि उनके पोस्टकार्ड खो गये हैं, वे झूठ बोल रहे हैं। जबकि अन्य लोग मुझे अपना पोस्टकार्ड देने से डरते हैं, क्योंकि वे मेरे रूप या आवाज से डरते हैं, जो कि सच्चाई के अधिक करीब है। उन सभी बच्चों को हमेशा यहीं रहना होगा। वे यहां फंस गए हैं। वे सभी मेवे या सेब खाकर जीवित रहते हैं जो मेरे तने से दूर जमीन पर गिरकर लुढ़क गए हैं। वे अपनी माताओं के मीठे बोलों के आदी हो चुके हैं। मेरी गहरी खोखली आवाज़ उन्हें मेरे पेड़ से दूर रखती है। "क्या तुम मुझसे डरते हो?" "नहीं, लेकिन

मेरी बिल्ली, जंपिंग-जैक, डरती है। मेरा एक भाई है जिसकी आवाज़ कभी-कभी तुम्हारी तरह धीमी और खोखली हो जाती है। उसकी आवाज विशेष रूप से गहरी हो जाती है जब वह मेरी मां को मेरे बारे में बताने की धमकी देता है।

पेड़ों के पीछे से बच्चे धीरे-धीरे इट्सी-बिट्सी और जंपिंग-जैक का अभिवादन करने के लिए बाहर आते हैं। इट्सी-बिट्सी को उसकी मां ने कम भाग्यशाली बच्चों की मदद करने का प्रयास करने को कहा था।

इट्सी-बिट्सी प्रत्येक बच्चे से पोस्टकार्ड मांगती है। इट्सी-बिट्सी बच्चों से फुसफुसाकर बात करती है। मैं वृक्ष सरदार पर एक चाल चलने जा रहा हूँ। मैं वादा करता हूं कि आप सभी मेरे साथ होंगे। बच्चे जवाब देते हैं, "सरदार वृक्ष अपनी शाखाओं का उपयोग करके हमारा पीछा करेगा।" हम आपके क्लाउड तक नहीं पहुंच पाएंगे।" इट्सी-बिट्सी जवाब देती है, "अरे नहीं, वह ऐसा नहीं करेगा, वह झूठ नहीं बोलता। यदि मेरी चाल काम कर गई तो गार्डन फेयरी को आपके सभी पोस्टकार्ड प्राप्त हो जाएंगे और वह गॉडमदर क्लाउड के पास वापस चली जाएगी।" इट्सी-बिट्सी कहती है, "चालबाजी करना झूठ बोलना नहीं है"।

प्रत्येक बच्चा अपना पोस्टकार्ड इट्सी-बिट्सी को सौंपता है। एक बार यह हो जाए. जंपिंग-जैक की पीठ पर सवार इट्सी-बिट्सी सरदार के पेड़ के पीछे की ओर छलांग लगाती है। पेड़ को कुछ भी महसूस नहीं होता. इट्सी-बिट्सी, जंपिंग-जैक की मदद से, पेड़ के रस से प्रत्येक पत्ते के पीछे एक पोस्टकार्ड छिपा देती है। इट्सी-बिट्सी शरद ऋतु के सुनहरे या नारंगी रंग के पत्ते चुनती है।

इट्सी-बिट्सी तब तक प्रतीक्षा करती है जब तक कि एक हल्की हवा जंगल में आकर पेड़ों से ढीली पत्तियां नहीं हिला देती। जब सरदार की आंखों पर गिरते हुए पत्ते लगते हैं, तो वह एक शाखा पकड़कर पत्ते को आंखों से दूर

ले जाता है। उन पत्तों पर एक पोस्टकार्ड लगा हुआ है। इट्सी-बिट्सी और जंपिंग-जैक खुशी से उछलते हैं। इट्सी-बिट्सी ने कहा, "देखो बच्चों, मेरी तरकीब काम कर गई!

बगीचे की परी, अब हरे और शरद ऋतु के सुनहरे कपड़े पहने, एक शाखा से नीचे फड़फड़ाती हुई आती है। वह सरदार ड्रायड द्वारा हस्ताक्षरित सभी पोस्टकार्ड ले लेती है। सभी बच्चे खुशी से उछलने लगे। इट्सी-बिट्सी, "तुम बहुत-बहुत चतुर हो। अब हम आपके और आपकी बिल्ली के साथ जा सकते हैं। धन्यवाद धन्यवाद!"

इट्सी-बिट्सी और जंपिंग-जैक दोनों भी खुश हैं। इट्सी-बिट्सी को अकेले यात्रा नहीं करनी पड़ेगी, उसके पास बात करने के लिए नए दोस्त होंगे। जंपिंग-जैक को आलिंगन और आलिंगन से भरपूर ध्यान मिलेगा।

जल्द ही, कैप क्लाउड प्रकट होता है और जंपिंग-जैक अपनी पीठ पर पांच नए दोस्तों को लेकर चलता है।

इट्सी-बिट्सी को बात करने के लिए दोस्त मिलने से इतनी खुशी होती है कि वह पुराने सेब के पेड़ को याद करने के लिए एक कविता लिखती है।

ए का मतलब है एप्पल, एप्पल, एप्पल

सेब का वृक्ष...

लाल रंग देखने में सक्षम...

अनुमति दें...

बहुत कुछ लेना है।

उनसे दूर हो जाओ...

एक अच्छा पेड़...

खाता बदलने के लिए...

एक और साल आएगा.

हमेशा एक अच्छा इलाज...

एप्रन पर...

अच्छे उपाय लागू करें...

निर्देशानुसार।

तक पहुंच...

सुगंध प्रज्वलित करने के लिए ...

भूख...

अनुमोदन का पालन किया जाएगा।

तालियां...

आपको एक और अनुमति देता है...

अपना आशीर्वाद जोड़ें...

सेब, सेब, सेब।

leprechauns

आकाश में कैप क्लाउड व्यापारिक हवाओं के साथ आगे बढ़ा, तथा बच्चों को उत्तरी अमेरिका के भूभाग से अटलांटिक महासागर के पार पूर्व की ओर यूरोप की ओर धकेल दिया। नींद में डूबे बच्चों को लेप्रेचुन्स के इलाके में ले जाया जाता है, जिसे ह्यूमन्स आयरलैंड कहते हैं।

ये शर्मीली परियां पूरी तरह से नरों से बनी हैं। वे टेरेन लेप्रेचुन का हिस्सा तब से रहे हैं जब वहां कोई मानव रहता नहीं था। लेप्रेचुन्स आधुनिक आयरलैंड में अपनाया गया एक प्रतीक बन गया है। आयरिश लोककथाओं में उनके बारे में कई आयरिश कहानियाँ लिखी गई हैं।

बच्चे धीरे-धीरे संगीत और नृत्य सुनकर जागते हैं, जो तेज होता जाता है। वे संगीत के साथ ताल मिलाते हुए हथौड़ों की तरह थपथपाने की आवाज सुनते हैं। बच्चे अब पूरी तरह जाग चुके हैं और मस्ती में शामिल होना चाहते हैं। बच्चे ठोस ज़मीन पर उतरकर खुश हैं। बच्चों को बादल छाए रहने की समस्या थी। पूर्व की ओर यात्रा करते समय समय पीछे की ओर चलता है। वे जल्दी ही थकान की भावना से मुक्त हो गये। वे मित्रवत लेप्रेचुन से घिरे हुए हैं। यह उनके क्षेत्र में नए लोगों का स्वागत करने का उनका तरीका है। एक लेप्रेचुन ने तो सभी बच्चों से पढ़ने के लिए एक बोर्ड भी दिखाया।

"बच्चों, आप सभी का जलपान और हमारी पार्टी में स्वागत है।" जब आप मौज-मस्ती में व्यस्त होंगे, हम मोची आपके लिए नये जूते बना रहे हैं। हम

जानते हैं कि बच्चों के जूते बहुत जल्दी घिस जाते हैं। यह हमारी ओर से आपके लिए उपहार होगा। हम चमड़े के जूतों के टुकड़ों से बिल्ली के लिए एक नया कॉलर बनाएंगे। इट्सी-बिट्सी जवाब देती है, "कितना बढ़िया, बहुत-बहुत धन्यवाद"। जंपिंग-जैक अपनी म्याऊं जोड़ता है। सभी बच्चे ताली बजाने लगते हैं और मूर्खतापूर्ण हरकतें करते हुए नाचने लगते हैं।

इट्सी-बिट्सी को जल्द ही एहसास हो जाता है कि जब भी वह अपनी आंखें झपकाती है, तो वह लेप्रेचुन जिससे वह बात कर रही होती है, गायब हो जाता है। इट्सी-बिट्सी मन ही मन सोचती है, "अगर मेरी पलक झपकती है तो मैं चीफ़टेन टेरेन लेप्रेचुन को छह पोस्टकार्ड कैसे दूंगी?" मैं पलकें झपकाना बंद नहीं कर सकता। मैं जानता हूं कि मुझे कोई चतुर चाल चलनी होगी।

इट्सी-बिट्सी एक लेप्रेचुन से पूछती है, "हमारे पुराने घिसे जूतों का क्या किया जाता है?" लेप्रेचुन ने उत्तर दिया, "हम सरदार टेरेन लेप्रेचुन को निर्णय लेने देते हैं। हम आपके सभी पुराने जूते उसे दे देंगे और हमारा सरदार लेप्रेचुन उन्हें शर्त के अनुसार छांट देगा। यदि किसी भी चीज का पुनः उपयोग किया जा सके तो हम उसे शीतकालीन ईंधन बनने से बचा लेंगे। हमारे पूरे भूभाग में गांवों में हमारे छोटे-छोटे घरों को पुराने, मरम्मत न किए जा सकने वाले जूतों से गर्म किया जाता है।"

इट्सी-बिट्सी सोचने के लिए अपनी टाँगें एक दूसरे पर टिका लेती है। वह बहुत सी कहानियों की पुस्तकें पढ़कर जानती है कि किसी ने भी कभी लेप्रेचुन को पकड़कर सोने का खजाना नहीं प्राप्त किया है। वास्तव में, पिछले एक हजार वर्षों में किसी ने भी लेप्रेचुन को नहीं पकड़ा है, उसे याद है कि उसने कहीं पढ़ा था या शायद जिग्गी ने उसे बताया था। इट्सी-बिट्सी को सोने का बर्तन नहीं चाहिए। गोल्ड किसी भी तरह से कैप क्लाउड को उसके नए दोस्तों के साथ उसे लेने नहीं आने देगी। इट्सी-बिट्सी को

पोस्टकार्डों को सरदार लेप्रेचुन के हाथों में पहुंचाने का कोई रास्ता सोचना होगा।

इट्सी-बिट्सी जानती है कि सभी परियों को उपहार पसंद होते हैं। इट्सी-बिट्सी चुपके से सभी बच्चों के पोस्टकार्ड इकट्ठा कर लेती है। वह प्रत्येक पोस्टकार्ड को प्रत्येक जोड़ी के दाहिने जूते में रखती है। वह प्रत्येक जोड़ी में से सही जूता एक बॉक्स में रखती है और उस बॉक्स को एक लेप्रेचुन से मांगे गए कागज से लपेट देती है। उपहार पत्र को चार पत्ती वाले हरे तिपतिया घास से ढका गया है, जो लेप्रेचुन द्वारा इस्तेमाल किया जाने वाला सौभाग्य का प्रतीक है। इट्सी-बिट्सी अपने बाएं पैर के सभी जूते एक थैले में रखती है और उस थैले को एक मोची को दे देती है। वह लपेटे हुए उपहार को टेरेन लेप्रेचुन सरदार को प्रस्तुत करती है। इट्सी-बिट्सी बिना पलक झपकाए कहती है, "चीफटेन टेरेन लेप्रेचुन, कृपया हमारे मनोरंजन और आपके दयालु आतिथ्य के बदले में कैप क्लाउड के सभी बच्चों की ओर से यह विनम्र उपहार स्वीकार करें"। सरदार पहले बक्से को हिलाता है, फिर उसे खोलकर जूते देखता है। वह इस विचारशीलता से बहुत प्रसन्न है। वह प्रत्येक जूते का निरीक्षण करता है और पोस्टकार्ड प्राप्त करता है। वह प्रत्येक पर ख़ुशी-ख़ुशी अपने हस्ताक्षर करता है। इट्सी-बिट्सी बगीचे की परी को चार पत्ती वाले तिपतिया घास के पीछे से निकलते हुए देखती है। बगीचे की परी हरे रंग के कपड़े पहनती है और पोस्टकार्ड लेकर उड़ जाती है।

इट्सी-बिट्सी अंततः सभी बच्चों के पास दौड़ती है, जो अब अपने नए जूतों में नाच रहे हैं। वह उन्हें निकट आ रहे कैप क्लाउड के बारे में सचेत करती है। जंपिंग-जैक अपनी नई नीली कॉलर के साथ गुर्राहट कर रहा है, जिसमें ताकत के लिए चौड़ाई भी बढ़ा दी गई है। जब भी बच्चों को क्लैप क्लाउड पर ले जाया जाएगा, तो वे इसे पकड़कर अधिक सुरक्षित महसूस करेंगे।

इट्सी-बिट्सी इस खुशी के अवसर के सम्मान में एक और कविता लिखती है।

बी का मतलब है किताब, किताब, किताब

मेरा विश्वास करो, मैं पढ़ूंगा...

आनंद लेने के लिए सबसे अच्छा...

खेलने से बेहतर...

मेरे दोस्त बनो।

पढ़ना मेरा लक्ष्य बन गया है...

मेरी जानकारी से परे...

मेरे अतीत के पीछे...

एक नया साहसिक कार्य शुरू करें.

किसी भी घंटे को रोशन करें...

बेकन मेरे विचार...

टूट गया मेरा...

उदासी।

बहादुर छोटे...

किताब, किताब, किताब

पन्ने बाँधो...

मेरे लिए कहानी बॉन्ड.

लेप्रेचुन में विश्वास रखें।

गनोम्स का युद्ध

कैप क्लाउड गहरे, स्वच्छ, शुद्ध नीले आकाश में उड़ने में सक्षम था। इस बार, कैप क्लाउड ने इट्सी-बिट्सी से पूछा, "तुम अपने दोस्तों को अगली बार दूसरी दुनिया में कहां ले जाना चाहोगी?" "कृपया हमें ग्नोम टेरेन में ले चलो। मैं जानता हूं कि गनोम्स मित्रवत होते हैं। वे खूब मौज-मस्ती करना पसंद करते हैं। मेरे घर के पीछे वाले बगीचे में गनोम्स हैं। मेरा पीछा करते समय ज़िग्गी हमेशा एक से टकरा जाता है। वह हमेशा मुझे दोषी ठहराता है और कहता है, 'मैं तुम्हारे बारे में माँ को बता दूँगा।' हम सभी को उनसे मिलने में खुशी होगी। मुझे इसका पूरा यकीन है"।

कैप क्लाउड पर नजर डालते हुए, जब कैप जमीन के पास पहुंच रहा था, इट्सी-बिट्सी ने एक बड़ा चिन्ह देखा।

इट्सी-बिट्सी ने इस नए इलाके में उतरने से पहले कैप क्लाउड पर मौजूद पांच बच्चों को वोट देने का मौका देने का फैसला किया। यह सबसे अच्छा समाधान होगा, क्योंकि वोट बराबर नहीं हो सकते। मतदान हाथ उठाकर किया गया। ग्रीन ग्नोम हैट्स जीत गए।

इट्सी-बिट्सी इस निर्णय से खुश थी, क्योंकि एक हरे रंग की टोपी वाला गनोम उस चिन्ह को पकड़े हुए था! जंपिंग-जैक द्वारा छुड़ाए जाने पर, इट्सी-बिट्सी ने गनोम से पूछा कि लड़ाई किस बात पर थी। गनोम ने कहा, "युद्ध मनुष्यों द्वारा शुरू किया गया था। वे केवल अपने बगीचों के लिए रेड हैट ग्नोम्स खरीद रहे थे। कई ग्रीन हैट ग्नोम्स ईर्ष्यालु हो गए। ग्रीन हैट्स ने रेड हैट्स को तोड़ने के लिए हथौड़े उठा लिए हैं ताकि उन्हें स्टोर की अलमारियों से हटा दिया जा सके। मनुष्य के पास ग्रीन हैट खरीदने का केवल एक ही विकल्प होगा। हमारे कारखानों में ग्रीन हैट उत्पादन में पिछले कुछ समय से गिरावट आ रही है और इससे कई ग्रीन हैट ग्नोम्स के लिए बेरोजगारी और कठिनाई पैदा हो गई है।" गनोम टेरेन में दो सरदार हैं, एक लाल टोपी वाला और एक हरा टोपी वाला। युद्ध जीतने वाला सरदार यहां चिन्ह के पास प्रकट होगा और विजय की घोषणा करेगा। जब तक आपको घोड़ा आता न दिखे तब तक छिपे रहें। केवल दो सरदारों के पास घोड़ा है।

इट्सी-बिट्सी का चेहरा लाल हो जाता है। उसकी माँ ने पिछले बगीचे के लिए एक रेड हैट ग्नोम खरीदा है। इट्सी-बिट्सी अब घर पहुंचने के बाद टोपी को हरे रंग में रंगना चाहती है। ज़िग्गी शायद कहेगा, "मैं तुम्हारे बारे में माँ को बता दूँगा"!

इट्सी-बिट्सी और पांचों बच्चे कोई लड़ाई तो नहीं देख सकते, लेकिन वे दूर के मैदान में मूर्तियों से टोपियों के टूटने की आवाज सुन सकते हैं। हरे टोपी वाला बौना सभी बच्चों को बताता है। अगर तुम डरे हुए हो तो वहाँ जंगल में पेड़ों की जड़ों के पास खोदे गए गड्ढों में छिप जाओ। रेड हैट्स इस ओर आगे बढ़ रहे हैं और जल्द ही हमारी रक्षा पंक्ति को तोड़ सकते हैं। आप देखिए, हमारे लड़ाके रेड हैट्स से कमजोर हैं। हमें मजबूत योद्धा बनाने के लिए कोई भोजन नहीं मिला। स्थिति स्पष्ट हो जाती है। युद्ध के मोर्चे पर शोर और भी तेज होता जा रहा है। सभी बच्चे भागकर उस विशाल चिन्ह के पास पेड़ों की जड़ों के आसपास बने गड्ढों में छिपने का निर्णय लेते

हैं। बच्चों को अपने घरों में चीजें तोड़ने पर मिली सजा याद है। वे रेड हैट्स और ग्रीन हैट्स के बीच लड़ाई में कोई हिस्सा नहीं लेना चाहते। घर पहुंचने के बाद बच्चों को कठोर सजा दी जा सकती है।

अब शांत हो चुके युद्धक्षेत्र में, एक चीफ़टेन टेरेन ग्नोम, बिना टोपी के, घोड़े पर सवार होकर, इट्सी-बिट्सी और जंपिंग-जैक के ठीक सामने प्रकट हुआ।

इससे पहले कि सभी बच्चे छिपने के लिए भागते, इट्सी-बिट्सी ने उनके पोस्टकार्ड एकत्र कर लिए। इट्सी-बिट्सी ने सरदार से कहा, "आपने अपनी टोपी खो दी है।" "नहीं", उसने हँसते हुए कहा। "मैंने इसे अपने मित्र

या शत्रु द्वारा कुचले जाने से बचाने के लिए उतार दिया।" इट्सी-बिट्सी ने ग्रीन हैट ग्नोम से प्राप्त सारी जानकारी से एक शिक्षित अनुमान लगाया। इट्सी-बिट्सी ने पास में पड़ी एक लाल टोपी उठाई और पोस्टकार्डों को टोपी के अंदर रख दिया। इलाके के सरदार ने टोपी पहनी और पोस्टकार्ड प्राप्त किए।

टेरेन रेड हैट सरदार ने इट्सी-बिट्सी को बताया कि युद्ध विराम की घोषणा कर दी गई है और लड़ाई समाप्त हो गई है। रेड हैट्स मानव स्टोर्स के माध्यम से ग्राहकों को यह प्रस्ताव देगा कि यदि वे एक रेड हैट खरीदेंगे तो उन्हें आधी कीमत पर एक ग्रीन हैट मिलेगी। यह योजना ग्रीन हैट्स को खुश रखेगी और उनके कार्यकर्ता गनोम बनाने में व्यस्त रहेंगे। हर कोई जीतता है.

अब लाल और हरे रंग की दिखने वाली गार्डन परी हरे रंग की टोपी से बाहर आई और हस्ताक्षरित पोस्टकार्ड लेकर उड़ गई। आखिरकार, बच्चे युद्धविराम समारोह में शामिल हुए थे। कैप क्लाउड आया और पार्टी के ऊपर काफी देर तक मंडराया, जिससे सभी बच्चे जंपिंग-जैक द्वारा उठा लिए गए।

H का अर्थ है बाधा

आप पर ढेर...

आपकी ओर बढ़ रहा हूँ...

पकड़ना।

संकल्प लें...

परीक्षण के लिए आगे बढ़ें...

इस लक्ष्य पर निशाना लगाओ।

अच्छे के लिए आशा...

कोई दूसरी योजना बनाओ...

यदि सफल हो तो उसकी जय हो।

उस बाधा को नीचे गिरा दो...

इसे पीछे छुपाओ...

क्या आपको एक और का सामना करना पड़ेगा?

आधी सूची ख़त्म हो गई है...

एक और खोज की ओर बढ़ें...

अब एक और रहस्य सामने आया है।

आप खुश रहेंगे...

विरोध न करना कठिन है...

दूसरों की मदद करना।

लाल टोपी...

हरे रंग की टोपियाँ...

अपनी पसंद चुनें...

घर के बगीचे को गले लगाएंगे।

परियां

कैप क्लाउड एक और बहुत ही नीले आकाश में उड़ रहा था, जिस पर सभी बच्चे लटके हुए थे। इस बार क्लैप क्लाउड उत्तर दिशा में सीधे उत्तरी ध्रुव की ओर बढ़ गया। सभी बच्चों को ठंड का अहसास हुआ और उन्होंने गर्म रहने के लिए अतिरिक्त कंबल और स्वेटर पहन लिए। अधिकांश बच्चों के सिर पर गनोम टेरेन की हरी टोपियां थीं। बच्चों में से एक को पता था कि उत्तरी ध्रुव पर कौन रहता है और उसने उसका नाम चिल्लाकर कहा, सांता क्लॉज़। बच्चों ने उसकी बात ज़ोर से और साफ़ सुनी। इट्सी-बिट्सी और जंपिंग-जैक उन सभी के चेहरों पर उत्साह देख सकते थे।

उतरने के बाद बच्चों ने सबसे पहले बारहसिंगा देखा। हाँ, सभी नौ। उन्हें बच्चों को सांता क्लॉज़ के टेरेन किंगडम में ले जाने का निर्देश दिया गया। समस्या यह थी कि वे सांता के निर्देशों का पालन नहीं कर सकते थे। वहाँ बच्चों से अधिक संख्या में बारहसिंगे थे। हिरन के बीच इस बात को लेकर लड़ाई शुरू हो सकती है कि कौन सा हिरन बच्चे का चयन करेगा। हिरन ने सूँघकर शोर मचाया। इट्सी-बिट्सी को पता था कि उसे क्या करना है। उसने पांचों बच्चों से दो बर्फ के आदमी बनवाये। अब प्रत्येक हिरन के साथ एक व्यक्ति को ले जाना था - 6 बच्चे, 2 हिममानव और जंपिंग जैक। अब सब ठीक था.

हिरन अपना माल लेकर बर्फ के रास्ते सांता के राज्य की ओर चल पड़े। आगमन पर, बच्चों का स्वागत इफी नामक एल्फ ने किया। इफी कहती थी, "इफी तुम ऐसा करो, मैं ऐसा करूंगी"। इफी ने कभी भी अपने आप कुछ नहीं किया। उसे हमेशा मदद की जरूरत पड़ती थी या वह पहले सबको बताता था कि क्या करना है। उन्होंने इट्सी-बिट्सी और बच्चों से कहा, "यदि आप पंक्ति में खड़े हो जाएं, तो मैं सांता किंगडम का दरवाजा

खोल दूंगा।" यदि तुम अपना हाथ आगे बढ़ाओगे तो मैं कल्पित बौनों से तुम्हारा हाथ मिलाने को कहूँगा। यदि तुम कल्पित बौनों को अपना नाम बताओगे, तो मैं तुम्हें उनका नाम बता दूंगा। यदि आप मेज पर जाकर बैठेंगे तो मैं रसोइयों से आपके लिए दोपहर का भोजन तैयार करवा दूंगी। यदि रसोइये मुझे भोजन मेज पर लाने में मदद करेंगे, तो मैं भोजन परोसूंगा।"

इट्सी-बिट्सी ने इफी से पूछा, "क्या सांता क्लॉज़ इस इलाके का सरदार है?" इफी ने कहा नहीं, लेकिन सांता चीफटेन एल्फ के स्थान पर खड़ा है। कई साल पहले, हमारे सरदार एल्फ हमें छोड़कर चले गए। सीली न्यायालय, जो परियों के बीच विवादों का निपटारा करता है, ने फैसला सुनाया कि टेरेन सरदार एल्फ को उस स्थान से निर्वासित कर दिया जाएगा, जिसे हम अब सांता किंगडम, उत्तरी ध्रुव कहते हैं। इट्सी-बिट्सी ने पूछा, "उसने क्या किया?" सरदार एल्फ को क्रिसमस से नफरत थी। उन्होंने इस मौसम का जश्न मनाने से इनकार कर दिया। वह झूठ बोलता रहा और वर्षों तक क्रिसमस को पसंद करने का नाटक करता रहा। इट्सी-बिट्सी ने फिर पूछा, "दूसरी दुनिया को कैसे पता चला?" एक क्रिसमस के अवसर पर, सरदार एल्फ ने एल्फों को आदेश दिया कि वे सभी खिलौनों में दोष रखें। सरदार एल्फ ने तो चित्रों में दिए गए निर्देशों को भी बदल दिया, ताकि खिलौने टूटकर बिखर जाएं। सांता ने उन खिलौनों को दुनिया भर में पहुँचाया। अगले वर्ष तक सरदार एल्फ का पता नहीं चल सका। दुनिया भर से बच्चों के पत्र हमें आए, जिनमें उन्होंने क्रिसमस के दौरान मिले खिलौनों के बारे में शिकायत की थी। बच्चों ने अपने पत्रों में ऐसे खिलौनों की इच्छा व्यक्त की थी जिनमें दोषों के विरुद्ध गारंटी हो। उन पत्रों को एकत्र किया गया और एक्सप्रेस गार्डन फेयरीज़ द्वारा जांच के लिए सीली कोर्ट भेजा गया। न्यायालय ने खिलौना बनाने वाले एल्वेस से साक्षात्कार किया। एल्वेस अपने ब्लूप्रिंट अपने साथ ले गए। ब्लूप्रिंट को टेरेन चीफटेन एल्फ द्वारा अनुमोदित किया गया था।

सीली कोर्ट ने यह भी स्थापित किया कि सरदार एल्फ अच्छे खिलौने ले जाता था और उन्हें बर्फ में दबा देता था। यह तथ्य तब प्रकाश में आया जब सांता किंगडम में शीघ्र ही बर्फ पिघल गई। खिलौने कुछ एल्व्स द्वारा पाए गए थे। एल्वेस एक स्नोबॉल युद्ध कर रहे थे। उन एल्व्स ने बर्फ के बीच से खिलौने निकलते हुए देखे। स्नोबॉल युद्ध से पहले, बारहसिंगे ने, जैसा कि वे भोजन की तलाश में जमीन पर पैर पटकते हुए करते हैं, खिलौनों को तोड़ दिया।

सीली कोर्ट ने यह नियम कायम रखा कि कोई भी व्यक्ति झूठ बोलकर जीवन नहीं जी सकता। सरदार एल्फ ने भूभाग के स्वर्णिम नियम को तोड़ा, यह झूठ नहीं है। गॉडमदर फेयरी क्लाउड ने हमारे सरदार एल्फ को दक्षिणी ध्रुव पर भेजा। उसने दो विशेष बादल भेजे जिन्हें नैक्रियस बादल कहा गया। गॉडमदर परी ने गार्डन परी के माध्यम से सरदार एल्फ को एक विशेष संदेश भी भेजा, जिसमें कहा गया था, "यदि दक्षिणी ध्रुव पर पहुंचने से पहले खिलौनों को ठीक नहीं किया गया, तो नैक्रियस बादल गायब हो जाएंगे। तुम समुद्र में गिर जाओगे और उन खिलौनों के साथ गायब हो जाओगे जिन्हें कोई नहीं चाहता"। हमारे सांता संग्रहालय में उस पत्र की एक प्रति है। सरदार एल्फ के बारे में अभी तक किसी को कुछ पता नहीं चला है, लेकिन कुछ बंदरों को कुछ खिलौने मिल गए हैं। हमने सुना कि वे खिलौने अफ्रीका के समुद्र तट पर बहकर आ गए थे।

कोई भी एल्फ सरदार एल्फ के साथ दक्षिणी ध्रुव पर निर्वासन में जाना नहीं चाहता था। सरदार एल्फ ने अपने कल्पित बौनों को चले जाने का आदेश दे दिया। इससे विद्रोह उत्पन्न हो गया। एक रात, कल्पित बौनों का एक समूह सरदार के सो जाने तक इंतजार करता रहा। उन कल्पित बौनों ने सरदार एल्फ को रिबनों से बांध दिया, और उसके शयनकक्ष में धनुष बांध दिया। जब दो नैक्रियस बादल आये, तो कल्पित बौनों ने बिस्तर से अतिरिक्त रिबन एक विशेष बड़े गुब्बारे पर बांध दिए। इस अवसर के लिए इसे खिलौना फैक्ट्री में बनाया गया था। जब गुब्बारा सबसे बड़े नैक्रियस बादल के पास पहुंचा तो एक तीर चलाया गया जिससे गुब्बारा फट गया। सरदार

एल्फ उल्टा गिर गया। वह सबसे बड़े नैक्रियस बादल के ठीक बीच में उतरा। कल्पित बौनों ने टूटे खिलौनों के साथ भी यही चाल चली। रिबन को गुब्बारों से बाँधा गया और टूटे खिलौनों से जोड़ा गया। उन गुब्बारों पर तीर चलाए गए, जिससे टूटे हुए खिलौने छोटे नैक्रियस बादल पर गिरे।

सभी कल्पित बौनों ने सरदार के जाने का जश्न मनाया और बर्फ में दबे खिलौनों को खोजने और खोदने के लिए नौ हिरनों को धन्यवाद दिया। सीली न्यायालय ने सभी गलत कामों के लिए बारहसिंगों को निर्दोष पाया। सभी कल्पित बौने सांता किंगडम में खिलौने बनाते रहे।

सांता क्लॉज़ को कभी भी किसी नए टेरेन चीफ़टेन एल्फ़ द्वारा प्रतिस्थापित नहीं किया गया है। हर साल हम चीफटेन एल्फ के प्रस्थान का जश्न मनाते हैं। हम इस अवकाश को अपसाइकल दिवस कहते हैं।

दूसरी दुनिया की सभी परियां कूड़ेदानों में पड़े हुए खिलौने हमारे पास भेजती हैं। गार्डन परियां उन्हें सैकड़ों की संख्या में उड़ाकर लाती हैं। हम उन खिलौनों को पुनः तैयार करते हैं और क्रिसमस की पूर्व संध्या पर सांता के पास उन्हें पुनः भेजते हैं। हमारे बौने उन फेंके गए खिलौनों पर जो भी प्रयास करते हैं, उससे जलवायु परिवर्तन को रोकने में मदद मिलती है। कल अपसाइकल दिवस है। आप सांता क्लॉज़ से मिलेंगे. इफ्टी एक आखिरी बात कहती है, "सुनिश्चित करें कि आपके सभी दोस्त और जंपिंग-जैक कल सांता क्लॉज़ को देने के लिए एक इच्छा सूची बनाएं"।

इट्सी-बिट्सी सभी बच्चों और जंपिंग-जैक से उनके पोस्टकार्ड पर क्रिसमस की इच्छा सूची लिखवाती है। अगला दिन आता है और हर कोई उत्सव में शामिल होता है। सांता किंगडम में हर जगह आतिशबाजी, विशाल गुब्बारे, रिबन से बने धनुष और कैंडी केन हैं। कार्यशाला के अंदर, एल्वेस गार्डन परियों से एक के बाद एक बक्से प्राप्त करने में व्यस्त हैं। इट्सी-बिट्सी को अपना एक खिलौना दिखाई दिया, जिसे उसने घर के बाहर बगीचे में छोड़ दिया था। इट्सी-बिट्सी ने निश्चय किया कि ज़िग्गी ने उसकी

माँ को बता दिया होगा। उसकी माँ ने ज़िग्गी से कहा होगा कि अगली बार जब तुम कूड़ा बाहर निकालो तो इसे कूड़ेदान में फेंक देना। यह खिलौना इट्सी-बिट्सी की पसंदीदा गुड़िया थी।

इट्सी-बिट्सी ने सांता से पोस्टकार्ड पर अपनी गुड़िया वापस करने का अनुरोध किया। इस गुड़िया का नाम बेट्सी वेटसी है। इट्सी-बिट्सी को यह उपहार कुछ वर्ष पहले सांता क्लॉज़ से मिला था।

बच्चे सांता का अभिवादन करते हैं और उन्हें अपने पोस्टकार्ड देते हैं। बगीचे की परी एक बक्से से बाहर निकलती है और सांता से पोस्टकार्ड और अपने साथ ले जाने के लिए एक कुकी प्राप्त करती है। सांता एल्फ इफ़्टी से गुड़िया ढूंढने के लिए कहता है। इफ्टी का कहना है कि यदि कुछ कल्पित बौने पहले उसे लुढ़कती धातु की ढाल से नीचे उतरने में मदद करें तो वह गुड़िया को ढूंढने में प्रसन्न होगा। संता ने कहा, हो, हो, हो! सभी बच्चे इफ्ति के साथ शामिल हो गए और दूसरी मंजिल से पहली मंजिल तक नीचे गिरने लगे। बच्चे इतना अच्छा समय बिता रहे थे कि कोई भी नहीं चाहता था कि यह मजा रुके। सांता एल्वेस ने प्रत्येक एल्फ और बच्चे को कैंडी केन और घर पर बनी चॉकलेट चिप कुकीज़ दीं, यदि वे शूट के नीचे तक पहुंच गए। इफ्टी ने एक बक्से से एक गुड़िया निकाली और उसे इट्सी-बिट्सी को सौंप

दिया। "हाँ, हाँ, यह मेरी गुड़िया है, मेरी बेट्सी वेत्सी!" "धन्यवाद सांता! "धन्यवाद, इफ़्टी"!

यह बिल्कुल सही समय था। खिड़की से बाहर देखते समय, सांता एल्वेस में से एक ने कैप क्लाउड को सांता किंगडम की ओर आते देखा। इट्सी-बिट्सी ने सांता और इफ़्टी को बताया कि जल्द ही सभी बच्चे अपने रास्ते पर होंगे। जंपिंग-जैक ने बहुत सारी कुकीज़ खा लीं, लेकिन फिर भी वह सभी बच्चों को क्लैप क्लाउड पर ले जाने में कामयाब रहा। वे दूर चले गए, चमकीले नीले आकाश में।

चेन लिंक

कैप क्लाउड गॉडमदर परी से विशेष निर्देश लेकर सांता किंगडम पर उतरा, ताकि बच्चों को टेरेन चीफटेन चेंज लिंक तक पहुंचाया जा सके। दूसरी दुनिया में सभी के लिए गॉडमदर का सुनहरा नियम था कि झूठ नहीं बोलना चाहिए। "किसी को भी झूठ नहीं जीना चाहिए"।

इट्सी-बिट्सी एक सुन्दर बच्ची है जिसके लम्बे सुनहरे बाल हैं। उसकी बैंगनी आँखें असामान्य थीं। वह छोटी थी, लेकिन स्कूल में लोकप्रिय थी। उनका व्यक्तित्व आत्मविश्वास से भरपूर है, जैसे मौसम पूर्वानुमान के बारे में अपना ज्ञान साझा करना। उसने देखा कि उसकी सभी सहपाठी उससे लम्बे थे। इट्सी-बिट्सी ने सवाल पूछना शुरू कर दिया। एक दिन उसने अपनी मां से उसके छोटे आकार के बारे में पूछा। उसकी माँ ने उत्तर दिया, "अपने आकार की चिंता मत करो। आपकी लंबाई जल्द ही बढ़ने लगेगी। आपकी लंबाई सोते समय बढ़ जाएगी।" इट्सी-बिट्सी ने अपने घर में किसी भी दर्पण में खुद को देखने से इनकार कर दिया, क्योंकि वह दिल से जानती थी कि वह और लंबी नहीं हो रही है। इट्सी-बिट्सी ने अपने शयन कक्ष के दरवाजे पर अपनी ऊंचाई के अनुसार एक निशान बना रखा था। महीने दर महीने कोई नया चिह्न कभी नहीं जोड़ा गया। यहां तक कि जिग्गी भी उसे चिढ़ाने लगा और उसे "श्रिम्पी" कहने लगा। स्टॉर्म ने इट्सी-बिट्सी को बताया कि लंबाई न बढ़ने से आप बहुत अधिक प्यार पाने के लिए आकर्षक बनी रहती हैं। इट्सी-बिट्सी का आकार उसकी गुड़िया बेट्सी वेत्सी से केवल चार गुना बड़ा था! अधिकांश बच्चों को हर साल नये कपड़े मिलते थे, क्योंकि वे बड़े हो जाते थे। दूसरी ओर, इट्सी-बिट्सी कभी भी अपने कपड़ों से बाहर नहीं निकल पाई। उसे अपने कपड़े तब तक पहने

रखने पड़े जब तक वे पुराने नहीं हो गए। इट्सी-बिट्सी को कभी नये जूते नहीं मिले। उनकी आत्माओं में छेद होना स्वाभाविक था। इट्सी-बिट्सी को लगा कि यह स्थिति उचित नहीं है। ज़िग्गी को हर समय नये कपड़े और जूते मिलते रहे। वह हर साल और अधिक लंबा होता गया।

कैप क्लाउड अंततः टेरेन चेन लिंक पर पहुंच गया। कैप क्लाउड ने घोषणा की कि क्लाउड से बाहर जाने की अनुमति केवल इट्सी-बिट्सी को दी गई, क्योंकि वह टेरेन चीफटेन लिंक के लिए पोस्टकार्ड लाने वाली एकमात्र बच्ची थी। कैप क्लाउड झूठ नहीं बोल सकता था। वह अन्य कारण भी जानता था, लेकिन उसे गुप्त रखने की कोशिश करता रहा, जब तक कि एक बच्चा रो नहीं पड़ा, लेकिन क्यों? बादल ने उत्तर दिया, "यह इलाका बहुत खतरनाक है। फेयरी लिंक्स आपको ले जा सकता है और एक डबल स्विच कर सकता है और फिर बार-बार एक और डबल स्विच कर सकता है। आपको अपने मानव परिवार में वापस ले जाएं या फिर दूसरी दुनिया में वापस ले जाएं। आप देख सकते हैं कि उन परिवर्तन लिंक परियों का बच्चों को बदलने का इतिहास रहा है। उन पर भरोसा नहीं किया जा सकता. वे अपने परी बच्चों को मानव माता-पिता को मानव बच्चों के बदले में पालने के लिए दे देते हैं। उन परिवर्तन लिंक परियों का मानना है कि उनके बच्चों को बेहतर शिक्षा मिल सकती है या उन्हें बेहतर भोजन जैसे अधिक अवसर मिल सकते हैं। हो सकता है, अंत में वे और भी लम्बे हो जाएं। यह स्थिति आप पांचों बच्चों के लिए बहुत खतरनाक है, क्योंकि आप सभी मानव दुनिया की ओर जा रहे हैं। क्लैप क्लाउड पर बने रहें। तुम मेरे साथ सुरक्षित रहोगे. मैं आप सभी को अपना पसंदीदा खेल खेलने दूँगा, अनुमान लगाइए मैं क्या देख सकता हूँ"।

इट्सी-बिट्सी बहुत बहादुर थी। वह जंपिंग-जैक पर चढ़ी और टेरेन चेंज लिंक पर उतरी। वह शायद सत्य पा सके। शायद, वह अपनी जड़ों को खोज पाएगी। वह अपने अस्तित्व का सामना कर सकती थी। परिवर्तन लिंक

को वास्तव में क्या पता था जो उसे नहीं पता था? क्या वह कभी सच्चाई जान सकेगी? वह क्या प्रश्न पूछेगी? सबसे बुरी बात तो यह है कि क्या उसे क्लाउड से बाहर जाने की अनुमति देना उसे अपने पास रखने की एक साजिश होगी? उसे इस बात की परवाह नहीं होगी कि वह अपने भाई ज़िग्गी को फिर कभी न देख पाए, लेकिन उसे अपनी माँ और पिता की याद आएगी। ऐसे विचार उसके मन से बह रहे थे, जिनमें आँसू और लड़खड़ाहट भी शामिल थी। उसने यह सोचकर खुद को शांत करने की कोशिश की कि इस यात्रा से चाहे जो भी हो, उसके पास अभी भी जंपिंग-जैक और उसकी पसंदीदा गुड़िया, वेटसी बेट्सी है।

इट्सी-बिट्सी ने घने जंगल से अपनी ओर आते हुए कदमों की आवाज सुनी, जिससे सूर्य का प्रकाश अधिकांशतः अवरुद्ध हो गया था। यहां चारों ओर वृक्षों ने एक छतरी बना रखी थी जिससे केवल प्रकाश की किरणें ही जमीन को छू पाती थीं। प्रत्येक कदम के साथ, इट्सी-बिट्सी थोड़ी अधिक घबरा जाती थी। अंततः, एक प्रकाश की किरण के नीचे कदम रुक गये। एक आवाज ने घोषणा की, "मैं टेरेन चीफटेन चेंज लिंक हूं। मैं अपने साथ हमारे लिंक विभाग से एक पुरालेख पुस्तक लाया हूँ। लिंक रनर आपके पढ़ने के लिए पुस्तक पकड़े हुए है।

वह आपको अपना नाम, इट्सी-बिट्सी क्लाउड, खोजने में मदद करेगा। हो सकता है आपका नाम पुस्तक में न हो। आओ प्रकाश में मिलकर देखें कि क्या प्रकट हुआ है। इट्सी-बिट्सी हिचकिचाती है, लेकिन जिज्ञासा उसे प्रकाश में ले जाती है। लिंक रनर को पुस्तक में उसका नाम मिलता है और वह उस नाम की ओर इशारा करता है, इट्सी-बिट्सी क्लाउड। अन्य विश्व पुस्तक में कहा गया है कि आप वास्तव में एक परी हैं, जो हमारे परिवर्तन लिंक भूभाग से संबंधित हैं। रनर लिंक आगे कहता है, आपको क्लाउड नामक मानव परिवार में स्थानांतरित कर दिया गया है। हमने तुम्हारे पंख काट दिए और कान बदल दिए ताकि कोई भी मनुष्य यह अनुमान न लगा सके कि तुम परी हो। यह खबर सुनते ही इट्सी-बिट्सी फूट-फूट कर रोने लगी। "मेरे साथ क्या होने वाला है?" ये शब्द उसकी सिसकियों के बीच सुने जा सकते थे। सरदार लिंक इट्सी-बिट्सी को शांत करने की कोशिश करता है। गॉडमदर क्लाउड ने इस यात्रा की व्यवस्था इसलिए की है ताकि आप झूठ न बोलें। किसी भी अन्य दुनिया में किसी भी परी या किसी भी मानव दुनिया में किसी भी व्यक्ति को झूठ के साथ नहीं रहना चाहिए। सत्य

आपके सारे संदेह दूर कर देता है और आपके अस्तित्व को खुशी प्रदान करता है। गॉडमदर क्लाउड ने आपके आकार के बारे में आपके प्रश्नों से यह निष्कर्ष निकाला कि अब समय आ गया है कि आप सच्चाई जानें। आपका अद्भुत व्यक्तित्व नहीं बदलेगा. आपको आपके अपनाए गए मानव संसार में भी प्यार किया जाएगा। वहां कोई भी यह नहीं पूछेगा कि आप कहां से आये हैं। इट्सी-बिट्सी कहती है, "मैं अभी भी उलझन में हूं। मुझे किसके साथ बदल दिया गया?" सरदार लिंक जवाब देता है, "तुम्हारी जगह एक छोटी बच्ची को रख दिया गया।" "क्या मैं उससे मिल सकता हूँ?" "नहीं, दुर्भाग्य से, वह कुछ साल पहले ही मर गई, क्योंकि वह मेरी बात नहीं सुनती थी। वह बादल पर चढ़ने के लिए अपने पेड़ के घर से छलांग लगा दी। वह ज़मीन पर लुढ़क कर गिर पड़ी। आपकी तरह उसकी भी यही गुप्त इच्छा थी। हालाँकि, उसने गॉडमदर परी द्वारा अपनी इच्छा पूरी करने का इंतजार नहीं किया।"

इट्सी-बिट्सी पूछती है, "मेरा, मेरी गुड़िया और जंपिंग-जैक का क्या होगा?" सरदार लिंक इट्सी-बिट्सी को बताता है कि मानव स्विच की दुखद मृत्यु अब क्लाउड परिवार के साथ कभी नहीं हो सकती। आपको उनके पास वापस लौटा दिया जाएगा, बशर्ते आप क्लैप क्लाउड पर अपनी यात्रा के लिए गॉडमदर द्वारा बनाई गई शर्तों का पालन करें। इट्सी-बिट्सी को बहुत राहत मिली।

अब उसकी एकमात्र समस्या अपने पोस्टकार्ड को टेरेन चीफटेन लिंक के हाथों में पहुंचाना है। इट्सी-बिट्सी, पुस्तक में अपना नाम देखने के लिए, आखिरी बार धावक लिंक के पास जाती है। वह जानती है कि सरदार लिंक को इट्सी-बिट्सी के साथ अपनी मुलाकात को रिकॉर्ड करने के लिए पुस्तक पर हस्ताक्षर करना होगा। उसने विभिन्न पृष्ठों पर उसके बहुत सारे हस्ताक्षर देखे, जिन्हें रनर लिंक पलट रहा था। इट्सी-बिट्सी ने अपना पोस्टकार्ड पुस्तक में अपने नाम वाले पृष्ठ पर रखा है। सरदार को पुस्तक पर हस्ताक्षर करते समय पोस्टकार्ड मिल जाता है। अखबार के प्रिंट में सजी गार्डन परी किताब के कवर से उड़ती हुई आती है, और पोस्टकार्ड ले लेती है। वह पोस्टकार्ड लेकर चली जाती है। कुछ ही देर बाद, कैप क्लाउड एक पेड़ की चोटी के ठीक ऊपर दिखाई देता है। जंपिंग जैक अपनी पीठ पर इट्सी-बिट्सी और उसकी गुड़िया को बिठाकर सबसे ऊंचे पेड़ पर चढ़ जाता है। इसके बाद जंपिंग-जैक एक बड़ी छलांग लगाता है और कैप क्लाउड पर गिर जाता है। सभी बच्चे ताली बजाते हैं। वे उसे देखकर बहुत खुश हैं! बच्चों ने कैप क्लाउड से इट्सी-बिट्सी नामक एक प्रभामंडल बनाया। अब बच्चे इट्सी-बिट्सी को कैप क्लाउड एंजल कहते हैं। उसका नया नाम.

केल्पी, घोड़ा

क्लैप क्लाउड बहुत धीरे-धीरे उत्तर की ओर चला गया। सभी बच्चे सो चुके थे, इसलिए बादल को केल्पी टेरेन नामक नए गंतव्य की ओर पहुंचने में समय लगा। सभी बच्चे गहरी नींद से जाग गए, जब उन्होंने घोड़े की विशिष्ट आवाज सुनी। बच्चों में से एक ने कहा, "वहां देखो"। उन सभी ने एक घोड़े जैसे प्राणी को नदी के किनारे खड़ा देखा। वह पानी की तरह नीला था।

जैसे ही क्लैप क्लाउड घोड़े के पास पहुंचा, प्रत्येक बच्चा घोड़े को सहलाने के लिए सबसे पहले पंक्ति में खड़ा होना चाहता था। घोड़ा दोस्ताना लग रहा था. जंपिंग-जैक ने अपना काम किया और प्रत्येक बच्चे को घोड़े के पास बैठा दिया। जब भी घोड़े को सहलाया जाता तो वह कृतज्ञता में अपना सिर ऊपर-नीचे हिलाता। वह बहुत मिलनसार दिखाई दिया।

एक बच्चे को उस पर सवारी करने का विचार आया। बच्चे ने जंपिंग-जैक को अपनी पीठ पर उठाने के लिए कहा। अब, अन्य सभी बच्चे भी सवारी करना चाहते थे।

घोड़े ने इस इच्छा को पूरा करने के लिए अपनी पीठ को आगे बढ़ाकर जगह बना ली, लेकिन केवल पांच बच्चों के लिए ही जगह थी। इट्सी-बिट्सी, एक एंगल होने के नाते, नदी के किनारे अकेली खड़ी थी और प्रत्येक बच्चे को घोड़े की पीठ पर जगह भरते हुए देख रही थी। बच्चों में से एक ने इट्सी-बिट्सी को अपनी सीट देने के लिए अपना स्थान छोड़ने का निर्णय लिया। बच्चा उतर नहीं सका। बच्चा पीछे की ओर चिपका हुआ था। बाकी सभी बच्चों ने बारी-बारी से उतरने की कोशिश की। सभी फँस गये। वे घोड़े की पीठ पर चिपके हुए थे। इट्सी-बिट्सी भयभीत हो गयी।
इट्सी-बिट्सी दौड़कर घोड़े के पास पहुंची। इट्सी-बिट्सी ने सारे पोस्टकार्ड ले लिए और एक-एक करके बच्चों को निकालने की कोशिश की। प्रत्येक पोस्टकार्ड घोड़े पर चिपका हुआ था।
घोड़ा नदी में सरपट दौड़ने लगा। इट्सी-बिट्सी नदी के किनारे स्तब्ध खड़ी थी। घोड़ा पानी में गायब हो गया। बाद में, इट्सी-बिट्सी ने पानी पर एक पोस्टकार्ड देखा। यह उसका पोस्टकार्ड था।

बगीचे की परी नदी के किनारे एक पेड़ के पीछे से नीले कपड़े पहने हुए प्रकट हुई और पोस्टकार्ड ले आई। वह उसे लेकर उड़ गई।

जल्द ही क्लैप क्लाउड आ गया। जंपिंग-जैक ने जल्दी से इट्सी-बिट्सी को उसकी गुड़िया के साथ क्लैप क्लाउड पर पहुंचा दिया।

इट्सी-बिट्सी ने अपने चेहरे पर बड़ी-बड़ी आंसू बहाते हुए चीखते हुए कहा, "मैं घर जाना चाहती हूं। मेरे पास कोई पोस्टकार्ड नहीं बचा है"।

तूफान

इट्सी-बिट्सी, बहुत से मौसम पूर्वानुमानकर्ताओं की तरह, गलती कर सकता है। उसने अपने शयनकक्ष की खिड़की खुली छोड़ दी। सुबह-सुबह तेज हवाओं के साथ भारी बारिश हुई। बारिश और हवा के कारण उसके शयन कक्ष की खिड़कियों के पर्दे उड़ने लगे और शटर हिलने लगे। ज़िग्गी पहले से ही उठ चुका था। वह स्कूल के लिए तैयार हो रहा था, तभी उसने इट्सी-बिट्सी के बेडरूम से अजीब आवाजें सुनीं। वह शयनकक्ष में घुसा और जोर से खिड़की बंद कर दी।

इस शोर से इट्सी-बिट्सी अपनी गहरी, गहरी नींद से जाग गयी। जिग्गी ने कहा, "मैं तुम्हारे बारे में माँ को बताने जा रहा हूँ"।

लेखक के बारे में

फ्रांसिस एडवर्ड्स

फ्रांसिस एडवर्ड्स ने विक्टोरिया टनल बुक को बच्चों के लिए कहानी सुनाने और सीखने की पुस्तकों के लिए एक आधुनिक 3डी प्रस्तुति में पुनः स्वरूपित किया है। उनके पास अब तक 15 खिताब हैं। आप उनकी टनल बुक्स में से एक खरीदने के लिए Etsy.com पर जा सकते हैं।

उनके निबंध, कविताएं और लेखन Medium.com पर पढ़े जा सकते हैं। वह Smashwords.com पर भी मौजूद हैं।

www.ingramcontent.com/pod-product-compliance
Lightning Source LLC
LaVergne TN
LVHW041549070526
838199LV00046B/1876